海边的莫莫

〔法〕乔纳森·加尼耶 著

〔法〕罗尼·霍廷 绘

魏舒 译

浙江教育出版社·杭州

海边的莫莫

（上）

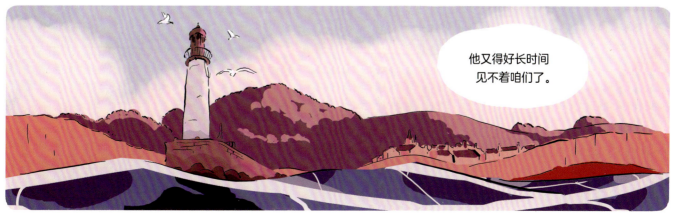

莫莫?

奶奶知道你很懂事,你肯定愿意趁着奶奶晾衣服的时候,帮忙买点儿鱼回来吧?

有了鱼,奶奶今晚就能做一顿好饭。

欸!可是奶奶……

您难道不知道他家的鱼不新鲜吗?再说了,他还讨厌猫!

你在说谁?

5

哪儿来的坏猫，竟敢在这里偷鱼！

我不是小偷！

行！不爱吃鱼，那你也做不成猫了。

不，我就是猫！

那你就是个小偷！

我不是！

那你是什么？

我也弄不清楚了……

算了，我还是按平时的价给你。

11

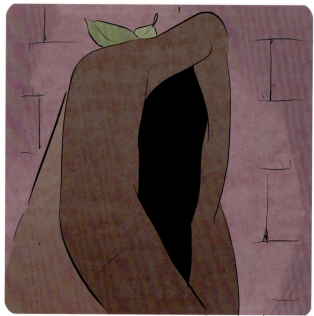

乖孙女快进来，
把门带上，别把蚊子
放进来了。

知道啦，奶奶，
马上来。

哐！

奶奶！

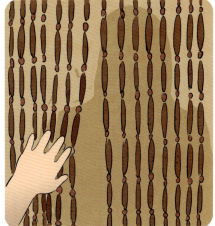

我喊了！

您没听见……

刚才那张照片上是您喜欢的人吗？

没错，他是你爷爷。

但你肯定没印象了，他离开的时候你还很小。

他跟爸爸一样在船上工作吗？

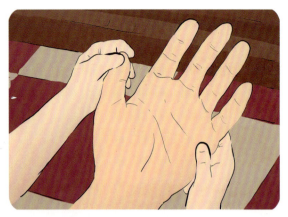

算是吧……

只不过你爷爷去的地方
要远得多……

哦，我知道了！

……

他登上了
太空飞船！

哈哈哈！

买的鱼呢？带回来了，
还是在路上吃掉了？

什么！

鱼里要不要加点儿土豆？

要！

豌豆确实不好吃！可我喜欢削豌豆，看里面的豌豆宝宝。

削豌豆?

哈哈，削豌豆！你是想说"剥豌豆"吧?

没关系，反正您都听得懂。

先把豌豆放在这里面……

晚饭前再剥吧。

欸!

你可以帮我收土豆啊，至少这是你爱吃的，对不对?

哼!

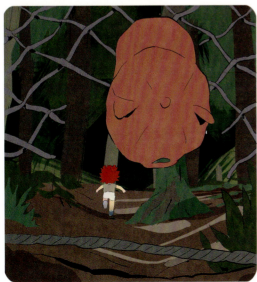

喵！

小猫猫！

嘿嘿！

你们马上就会看到它炸开花！

35

感谢伟大的海神，
您是海洋、池塘和
大比目鱼的王者！

您用慷慨和……美味的
海鲜滋养了我们。

没人逼你吃，
老白眼狼。

鱼，又是鱼。
他要是个屠夫就好了！唉……

别吃，那些鱼
已经坏掉了！

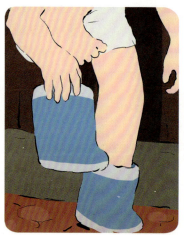

莫莫！

你一句解释都没有吗？

婆婆，大家住在一个村子里，都是左邻右舍的，很多事儿我们都睁一只眼闭一只眼。

但这次我真是没法忍了，您这小孙女也太没教养了！看看她把我们家朱利安打成什么样了！

老天啊……

贝尔坦夫人，我跟您保证，这种事儿绝对不会再发生！

哼，我看未必！这个小丫头需要爸妈在身边严加管教，但他们好像一点儿都没把心思放在孩子身上！

夫人，您知道的，莫莫其实挺可怜的……

难道我们家朱利安被痛打一顿就不可怜？！婆婆，您必须做个决定！您要是管不了她，可以托付给别人……

我们走了，但愿
这是最后一次登门拜访。

嘭！

莫莫！

到底是不是你动手
打了人家？

是！可是是他
先推我的……

没什么可是不可是的！
不许再干这种蠢事，
我受够了！

你们
都是坏人！

呜呜……

为什么？
怕我凶你还是
伤心了啊？
全都是……
莫莫……世上没那么多
坏人。朱利安的妈妈说话
确实不大好听，但她讲得也
在理。在对你的管教上，
我确实做得不够好。
嗄！
不，她讲得没理！
她不能这么说您，
干坏事的是我……
奶奶，对不起！
还有我的帽子……
呜呜，
帽子被我弄丢了……
小傻瓜，
帽子被我捡到了。
我不会怪你的。
但你不要对其他
小孩儿那么凶。
你伤害了那个小男孩，
明白吗？
我明白。

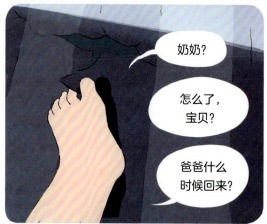

我在等我的孩子，还有我孩子的孩子给我打电话。我不想错过！

千万别忘记打电话给自己的爷爷奶奶、姥姥姥爷。小姑娘，这对他们特别重要，他们肯定会接的。

¹卡美哈梅哈：神龟冲击波（又名龟派气功），日本动漫《龙珠》中的主角孙悟空常用的绝招。

他们没有哪里做得不好，只是……我已经在这个地方过了六年的暑假了！

但我真正想去的是纽约！去第五大道上逛街，去中央公园里散步……

去康尼岛上吃冰激凌，那里还有美人鱼大游行，我还要去玩轮滑……

什么是"扭腰"？

是"纽约"！算了，说了你也不懂……

你呢，你爸爸还在船上工作？

他在一艘很远很远、很大很大的船上——世界上最大的船！

真的假的？你在跟我开玩笑吧，吹牛大王！

喂，小孩儿，快回来！我相信你，那是世界上最大的船！

小孩儿？

53

哈哈，被小孩儿教训了一顿！

不可以！不可以这么说我们头儿！

也不可以这么说我们！

哼！你们以为我会害怕一群乡下的小混混？

算了，我们走。

头儿，那我们的面子往哪里搁？

你觉得欺负两个黄毛丫头就有面子了吗？

哼！

哼，我不是黄毛丫头！

呃，可你就是个黄毛丫头。

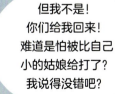

但我不是！你们给我回来！难道是怕被比自己小的姑娘给打了？我说得没错吧？

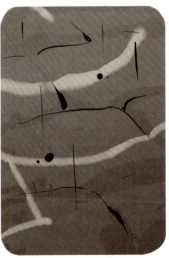

噢，你回来啦！
我还在想这是要淋成
落汤鸡才肯回来啊。

一个大姐姐送我回来的。
她穿着轮滑鞋，
头发特别好看。

肯定是弗朗索瓦丝。
她是个好姑娘，
不过听她爷爷奶奶说，
她脾气很倔！
她小时候跟你有点儿像，
毛巾拿着！

那等我像她
那么大的时候，
也会变得很漂亮？

不会——

你呀，会变得又矮又难看，
跟奶奶一样。

不行，不公平！

得啦得啦，
快点儿把头发擦干，
别感冒了。

跟小伙伴玩得怎么样啊?

……

莫莫,奶奶跟你说真的呢。你得多跟同龄人一起玩,学会和大家做朋……

哇!

显灵了。

你说什么?

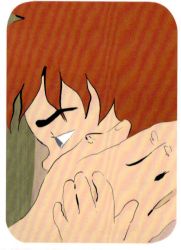

虽然奶奶亲人总有点儿刺刺的。

莫莫!

轰隆隆!

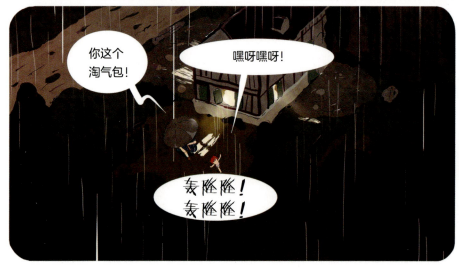

你这个淘气包!

嘿呀嘿呀!

轰隆隆!
轰隆隆!

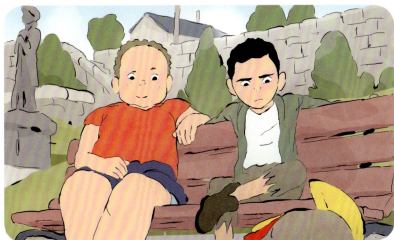

你们好啊，小混混！

香蕉头不在?

嗯，一天没见着他了，太不正常了。

弗朗索瓦丝!

怎么，你想我们头儿了?

哼!是因为你们一天到晚都混在一起，跟三个火枪手似的。

走啦，再见，阿多斯[1]!再见，波尔托斯[2]!

再见，米莱狄[3]。

哇，好长的头发!

莫莫!今天我非揍你不可!

为什么啊?

你还问我为什么!

[1]阿多斯：大仲马名著《三个火枪手》中三个火枪手之一。
[2]波尔托斯：大仲马名著《三个火枪手》中三个火枪手之一。
[3]米莱狄：大仲马名著《三个火枪手》中的女主角，阿多斯的前妻。

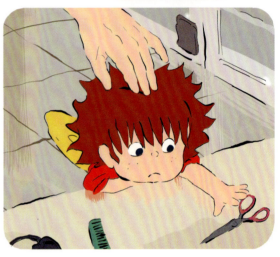

说到吃就没脾气了！

那我们待会儿在"恐怖屠夫"那里见。

好刺人！

你说什么？

没什么啦……

加油……

小妹妹，你想剪成什么样子的？烫一下还是把颜色染得浅一点儿？

你的脸怎么红了啊?

哪有!

就有!红得跟西红柿一样。

哈哈!那现在就叫你西红柿吧!

喂喂,你刚才没听见吗?

弗朗索瓦丝叫的是我的名字。这回,没人会跟着你起哄了。而且这个新外号取得也太不怎么样了。莫莫,这事儿……

！

……

拿着！

这里头有
《龙珠》的故事。

你竟然没听过这个故事，
太不正常了，看来借你是
借对人了。

我得走了，不然又要被
我爸训了。

今天的暑假作业我还没做。

哦，对了，这个发型
特别适合你。

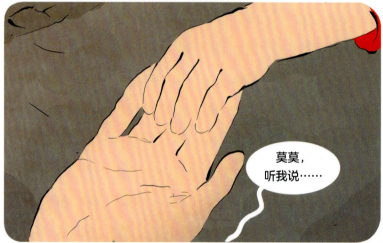

在我还是个小孩儿时，肚子就总疼。

我去医生那里，什么毛病都没查出来，还做了 B 超检查，也还是什么问题都没有查出来。

爸妈甚至带我去看了个巫医，结果他也说病因是个谜！

我表面看起来挺平静的，啥事儿没有，肚子却总不让我好过。

后来，医生给了我一个小建议，让我随身带个本子，把每天发生的事情都记录下来，他说记录故事能减轻一点儿疼痛……这是什么馊主意！

我真不知道有什么好写的……再说，只有多愁善感的小丫头才喜欢在带锁的日记本上写写画画吧。

亲爱的日记本，今天课间休息的时候，我看到布兰东了，他太帅了。他竟然偷看了我一眼，脸还红了，哈哈！

……

太傻了。

我们村里有个男孩帮，不知道能不能叫"帮"，

他们只有两个人，但真的特别酷。

特里斯坦是男孩帮的头儿，发型很特别！

还有盖坦，他脾气挺大的。

我跟他们接触不多，他们比我年龄稍微大一点儿，看起来不是很好接近。

可是，如果我能加入这个帮，肯定会很酷！

今天，我……我什么都没做。

我好一阵子没写日记了，不是懒，我有个特别好的理由，那就是我现在每天晚上都会跟特里斯坦和盖坦一起出去晃荡。我总跟他们在一起，妈妈不是很高兴，不过谁让医生建议我要放松神经呢，她也就睁一只眼闭一只眼了。

我刚才说自己跟特里斯坦还有盖坦在一起玩，但其实他们并不是很乐意我加入他们，因为他们觉得我没什么用。最终，我还是让他们见识到了我的潜力！我使出了杀手锏，给他们展示了能震动墙壁的响嗝。我还成功止住了我妹妹的嗝——我的响嗝吓了她一大跳。盖坦也被吓得一屁股坐在了地上。特里斯坦觉得这么干又恶心又好玩，所以最后他将信将疑地答应了我加入他们。

我第一次为自己的肚子感到骄傲！

我不讨厌自己的那辆自行车¹，但骑着它，我永远也追不上那两个人，他们骑上摩托，跑得超快，我只能在后面干着急。

我求过爸妈，求他们给我买一辆小摩托，但他们的答复是除非我自己挣到买车的钱。他们不相信我能挣那么多钱，哼，我们走着瞧！

总有一天
这辆小摩托
会是我的！

¹注：在中国，驾驶自行车须年满12周岁，驾驶摩托车须年满18周岁并须取得驾照。

复活节假期，我疯狂地在外面打工干活。所以现在我有钱买小摩托了！爸妈全都惊着了，他们走进车库的时候，那个表情，啧啧！等我再挣点儿钱，我就办一次派对！

我骑着小摩托出去玩的时候，其他人都对我冷嘲热讽，但我不怪他们。他们骑的都是电动车，之前我爸妈也只允许我买那种车，说是更安全。我才不要，电动车是女孩子骑的……

下午的时候，我们男孩帮碰到一个奇怪的小女孩莫莫。她一点儿都不怕我们，我在她这个年龄，如果碰上比自己大的小混混，肯定怕得要死，立马开溜。结果她还敢拿特里斯坦的发型开玩笑，叫他香蕉头。

这个外号取得也太合适了吧，但不能让特里斯坦知道我这么想。要不然他会气死，给我一记"爆栗子"。

还有个跟我们一样大的女孩，叫弗朗索瓦丝。不过有点儿尴尬，她已经完全忘记小学的时候跟我同班了。但也能理解，因为她很早就离开村子去外面上学了。我变化也挺大的，现在已经是个小伙子了！我没吹牛，我妈也这样说了。

这是我

弗朗索瓦丝

这就是证据！弗朗索瓦丝小时候的表情跟那个小女孩莫莫简直一模一样太有意思了。

我又看到了那个叫莫莫的小女孩，她手上抱着一只大胖猫，但那只胖猫看上去并不喜欢被这么拖来拖去。

莫莫这个名字好奇怪，大名肯定不是这个，到底是叫莫妮卡还是莫娜？感觉都不大像。

她好像住在村口的那间小破房子里。

爸爸告诉我，莫莫的爸爸在一艘大船上工作，每次一走就是好几个星期。这个小孩儿也挺不容易的。

我们这几个人在一起都快成一种习惯了。

我们几个男孩四处闲逛，莫莫就跟在我们后面，弗朗索瓦丝和特里斯坦天天斗气……

不过，这两个人在一起的时间也最长，你懂的，嗯嗯……

特里斯坦突然消失了，像世外高人似的。

所以，就我跟盖坦两个人出来晃荡了，我们又看到了莫莫，她追在一只猫的屁股后面。

我能感觉得出，莫莫很喜欢我们，尤其喜欢特里斯坦。

他都快成莫莫的出气筒了，虽然这听起来有点儿反常，一般都是大人把小孩儿当出气筒。总之，今天过得还不错，但……

我刚刚知道莫莫的奶奶已经……肚子好疼，但这回我知道是什么原因。

海边的莫莫

（下）

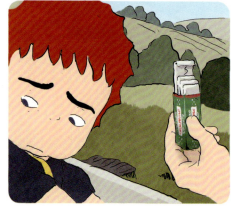

好啦，好啦，我明白。

可话说回来……

不许说我爸爸的坏话！

不许说我爸爸不好！

爸爸、奶奶……

呜呜！

你说得对，不能这么说你爸爸，他都没赶上跟自己妈妈见最后一面……

我很想把莫莫留在我身边，可我家里还有两个孩子要照顾，理发店也需要……

别担心，也不用解释，您这几天照顾她已经很辛苦了。

但要找个人收留她，她爸爸下星期才到家！

要不直接联系福利院吧，这样……

那怎么成！

就让我先照顾她吧！她爸爸跟我也算是老朋友了，虽然这几年联系不多。

您……您确定？

嗯，我保证她在我家好好的。

你肯定不知道，
我跟你爸爸是老朋友。

我们是在一艘渔船上认识的，那时候我们都还很年轻。船上的活儿很累，但你爸爸是干活的一把好手。

后来，我不想在船上了，就留在这里开了一家海产店，因为我只会干这个。

再后来，我天天就是杀鱼收拾鱼……你爸爸还留在船上，我们就很少见面了。

既然是老朋友，我就有责任在他回来之前照顾好你。

好啦，别用这种眼神看着我！

只要它们不偷鱼，其实我还挺喜欢猫的。

但你要保密，听见了吗，莫莫？我在这里也算个人物！没人知道我家里养了这么多猫。

什么？这是钱啊，
我不会丢掉的！

唉，都会过去的，你要明白你奶奶
其实没有真的离开。

她只是换了一种方式陪你。

她会保佑你的，知道吗？

不是吧……都这个点了！

为了照顾你，我把店关了，请了个外卖员帮忙送货，我现在得去帮他备货了。

我会离开一两个小时，你自己在家能行吗？

可以的。

你肯定行，在家好好玩。

一会儿见。

要是有什么事儿，就去楼下店里找我。

吧嗒！

上次的事儿，对不起……

我也不想让我妈妈
去跟你们吵架。

她确实有点儿凶，但其实……

我有过一个弟弟，
我甚至都不记得他了……

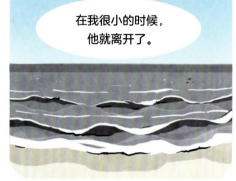

在我很小的时候，
他就离开了。

所以我爸妈总说，为人父母必须要
照看好自己的孩子。

妈妈告诉我，弟弟就住在云里，
他过得很开心……

我还挺想有个弟弟的。

我得走了，要不然妈妈又会担心了。

你自己在这儿行吗？

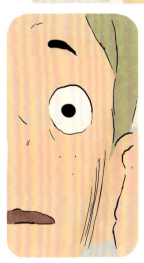

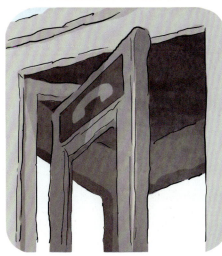

我得赶紧帮你处理下伤口，要不然我就没虾吃喽！

我经常见你一个人到处晃荡。

药箱

小公主跟我一样，是个独行侠。

估计你身上不止这一处伤。

膝盖上的擦伤好得快。

小公主，其他的伤你得找别人帮忙了。

你知道吗，小公主？我正在尝试拯救周围人的灵魂。

自从有了电话、手机之后，大家再也不愿见面了。他们喜欢对着空气说话，他们的手指在一块"板子"上敲来敲去……真是悲哀。

所以我把电话簿偷来了，这样他们就打不了电话了。想要联系别人，就必须跟他面对面了！

我偷电话簿，就跟你从我们那位暴脾气的朋友那里偷鱼一样。

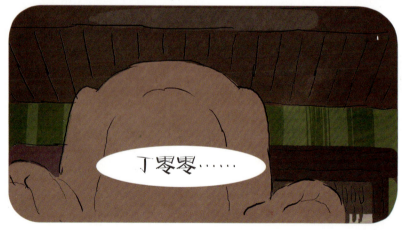

咔嗒!

小丫头的鞋呢?

不会吧? 莫莫?!

莫莫!

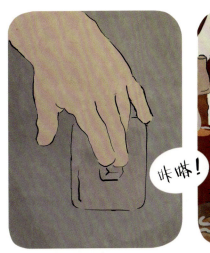

咔哒！

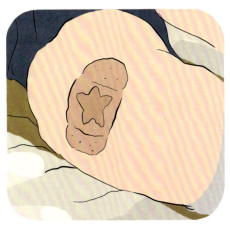

莫莫，你必须给我解释一下……

原来如此，趁我不在的时候偷偷聚会！

咔嚓！

还把"人"带到家里来了!

不过,这丫头画得还真不赖,瞧她画的咱俩!

只是她明明可以把我画得更瘦点儿啊,画这么胖多伤人。

猫咪,我说得对不对?

喵!

小心点儿，你会
被粘在窗户上的！

想不想看会儿电视？

哎呀，正好有给小孩儿看的节目！

怎么？你觉得那台电话不可爱？

那你来画一台看看？

我把你的画笔放在桌上了，在游戏机旁边。

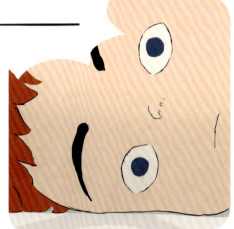

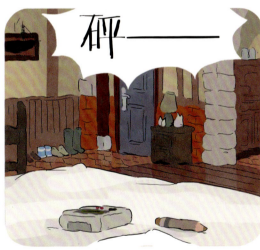

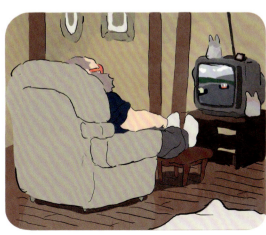

不错啊，你看，我们在家里就可以玩得很开心。

你能不能把那玩意儿的声音调小点儿啊？

莫莫？！

搞什么鬼！跑哪儿去了？

喵！

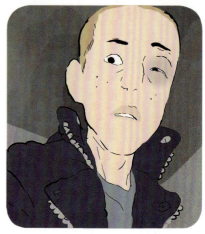

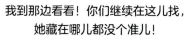

不会吧，那帮流氓
扮成幽灵来搞我？！

小公主要去找她爸爸，
我想拦住她，可惜她不听。

这种天气，
路上很危险的。

她可能会被浪卷走的。快走！

谢谢……

难道他是位
世外高人？

不过，刚才那个人说莫莫提到了她爸爸……

雾角[1]！我知道这个雾角的声音，
是莫莫的爸爸船上的！

你真棒。但这个港口太小了，
船是不会在这里停靠的。

你跟我说这些也没用啊！

嘿！

[1] 雾角：因浓雾等导致视线不良时，船只为了通报所在位置而鸣响的声音信号。

你以为我会放过你吗？

咚！

你去那边帮忙，我们来对付这帮蠢蛋！

不能让女孩们担惊受怕！

记得帮我告诉那个鱼店老板，莫莫没事儿。

我来啦！

好兄弟！

已经没事儿了。
现在我们一起去
找你爸爸。

又怎么了？

我再也看不到豌豆宝宝了。

呜呜……

奶奶……

别人告诉我，奶奶现在住在天上和电话里……我不知道奶奶到底去哪儿了，但她真的不在了。

你知道吗？
你奶奶并不是
生来就是个
老婆婆的，
她经历了
很多很多。

最开始她
跟你一样，
是个小孩儿，
说不定也偷偷
追过猫。

我还以为奶奶
一生下来就是
奶奶呢……

当然不是！你奶奶先是遇到了你爷爷，然后有了你爸爸。
她看着你爸爸长大，又看着你长大。她见过很多很多东西，
绝对没有无聊过，我很肯定。

只是最后她累了，
然后就……

不不，
我不认识他……

可他好像认识你，
在跟你打招呼呢！

没有的事儿……他是在甩着膀子
干活。快走吧，时间不早了！

喂，等等！

我知道了，难道这个人是你爸？

哈哈，错不了了！
你装得也太辛苦了吧，
农民的大儿子！

好啦好啦，算你厉害还
不行嘛，但别再把我爸
说成"乡巴佬"了。

对不起，对不起。

但你也别这么没礼
貌啊，赶紧跟你爸
打个招呼吧！

正好，他可能还以为你刚交到了
女朋友，肯定会为你骄傲的，
也许都不敢相信！

153

哪天能不能开着拖拉机带我兜兜风啊？

闭嘴好不好……

我是认真的！

徜徉在奶牛之间，"突突突"于田野之上，多有意思啊！

肯定比坐这个破玩意儿舒服！

如果你不那么烦人，我可以考虑一下……

我可不敢保证，
但会为你努努力，
农民的大儿子。

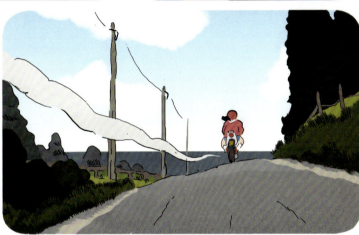

莫莫，我们到啦！

我都不知道她爸爸长什么样……不过看她的画，她爸爸肯定高大又壮实。

爸爸！

哈，是吧，就是那位了。

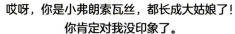
哎呀，你是小弗朗索瓦丝，都长成大姑娘了！
你肯定对我没印象了。

你该不是贝特朗的
儿子吧？

叔叔，您没看错。

我天天漂在海上，一转眼你们都长这么高了。
我可不能错过我家小不点儿的成长。

莫莫，你觉得呢？要是我在
岸上找份工作，你开心吗？
你真的愿意吗？
你必须一辈子
都留在岸上！

一辈子就行了？

叔叔，很遗憾地告诉您，您妈妈……

我已经知道了……船上的通信设备坏了，我昨天才得到消息。不然我能早点儿赶回去的……

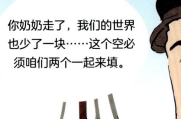
你奶奶走了，我们的世界也少了一块……这个空必须咱们两个一起来填。

你们看起来很累，照看她不容易吧？

我开车送你们回去，特里斯坦，你的摩托车可以放在后备箱里。

162

弗朗索瓦丝,特里斯坦……

谢谢。

你要坐哪儿啊? 没到十岁的小孩儿可不能坐副驾驶!

可是……我不坐还不行嘛!

好,那就再见了。

轰轰!

163

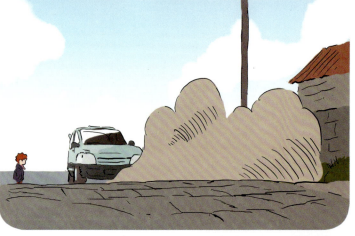

你搞什么呀，
太坏了！

咴呦咴呦……

165

这样看来……

你们俩倒是……

怎么可能，
跟她一起……

也许不错。

年轻人，
这种事儿得
两相情愿啊。
哈哈！

缘起

　　最初，我很偶然地看到川岛小鸟拍摄的"未来酱"系列，这些照片最早给了我创作莫莫的灵感。未来酱是个日本的小女孩，川岛小鸟照片里未来酱各种不高兴的神情，还有日本的乡间风景，让我想起自己在诺曼底度过的童年，也激起我想要用笔来重现童年的愿望。

　　我之前学习的知识更多是图像方面的——绘画、平面设计和摄影，这是我第一次创作剧本，因为我很想讲述一个几乎只跟自己玩、性格孤僻的小孩儿的故事。很快，我脑子里就有了这个小孩儿的名字——莫莫。

　　我原本设想这个孤独的故事发生在日本，那里有一些非常边缘化的人，过着与众不同的人生。正因为如此，在创作的最初阶段，我查阅了大量日本的资料。

　　但随着写作的不断深入，我不禁产生了一些疑惑：这个故事是否一定要发生在日本。最终的思考结果是，也许把故事背景换成更遥远的地点和时间会更好。如果故事的发生地是我更熟悉的，并且真的在那里生活过的地方，这样我就可以把更多真实可感的细节带入进去。于是我就确定了，这个故事发生在 20 世纪 90 年代初，法国诺曼底一个小小的村庄里。

　　然后，我就到旧货市场去搜寻老照片，不过我并没有完全丢弃相关的日本资料，我也很欣赏日本人把幽默感、沉重感，以及哲思完美糅合在一起的高超技巧。这个故事是具有普遍意义的，它关乎人类共同关心的主题：童年、家庭……

　　最终，罗尼用一幅幅图画给这个故事，以及里面的人物赋予了生命，注入了他的气息、他的愿景，以及他这么多年来积累的知识和才华！

乔纳森·加尼耶

参考资料

摄影
川岛小鸟

梅佳代

土门拳

川内伦子

叶夫根尼亚·阿布盖娃

书籍
《戈戈怪兽》
脚本及绘画：松本大洋

《四叶妹妹！》
脚本及绘画：东清彦

《小尼古拉》
脚本：勒内·戈西尼
绘画：让-雅克·桑贝

电影
《无人知晓》
导演及编剧：是枝裕和

《茶之味》
导演及编剧：石井克人

《菊次郎的夏天》
导演及编剧：北野武

《跳出我天地》
导演：史蒂芬·戴德利
编剧：李·霍尔

《阳光小美女》
导演：乔纳森·戴顿，维莱莉·法瑞斯
编剧：迈克尔·阿恩特

作者介绍

乔纳森·加尼耶

乔纳森1982年出生于诺曼底，大学曾学习平面设计和漫画创作。他毕业后的第一份工作是游戏公司的印刷品设计师，之后加入了安卡马出版社。最初他担任的是平面设计师和插画师，很快成为"火花"系列的艺术总监和主编。

后来，他很想讲述自己的故事，于是开始创作，他的第一部作品是《发泡胶盒》，之后又签下了好几部漫画。卡斯特曼出版社出版的他的作品有两个系列：一个是跟罗尼一起合作的《海边的莫莫》，另一个是跟热雷米一起创作的《埃利亚斯和伊达》。格莱纳出版社出版的他的作品有：和艾梅莉合作的《战斗牧羊女》，还有在隆巴尔出版社出版的《探险者蒂莫》。乔纳森也受邀参与了《长尾豹》项目——迪皮伊出版社出版的一个短篇故事集。

乔纳森也为一些数字项目写作，同时还玩摄影、练武术。

罗尼·霍廷

罗尼2009年毕业于戈布兰动画学校，当时他与人合导了《灯塔守护者》（荣获2010年"安纳西最佳毕业作品"奖）。他的职业动画人之途始于做设定集作者和迪士尼电影人物设定师。

2012年，他导演了《圣马塞尔的流浪儿》，这部电影几度得奖，并让他荣获"奥迪才艺"奖。

2014年，他成为巴黎塞夫勒工作室的一名老师，又喜欢上了场面调度这项工作，之后成为马克·奥斯本的《小王子》（2015年法国电影凯撒奖最佳动画）和皮埃尔·科雷的长动画《撒哈拉沙漠》的故事板画师。

《海边的莫莫》是他的首部漫画作品。

致谢

我想感谢我的家人，谢谢他们的支持，
尤其是一直鼓励我走这条路的父母。

感谢阿梅莉的耐心，还有她的好多点子和好菜。

感谢卡斯特曼出版社的整个团队，感谢你们让莫莫顺利来到世间。
感谢本书编辑克里斯蒂娜的善意。

我将《海边的莫莫》献给我的祖父母、
我的老同学、老哥们以及和我一起长大的邻居，
你们会在这本书中找到一些自己的影子。

谢谢罗尼，你让这个故事以如此美妙的方式问世。

乔纳森·加尼耶（《海边的莫莫》作者）

感谢我的伴侣克洛艾，谢谢她始终如一的支持，
感谢马克西姆、我的妹妹，感谢我的父母以及女友的父母，
感谢阿贝尔、塞伊以及加布里埃尔，我想把这本书献给你们。
我在创作的时候非常想念你们。谢谢在这次漫长的旅程中他们给予的所有支持。

感谢本书的编辑克里斯蒂娜和她永远乐观的心态，
谢谢她如此孜孜不倦，恪尽职守。
感谢卡斯特曼出版社团队，谢谢他们愿意出版这个故事。

想念我的奶奶和外婆，以及生活在安的列斯群岛上的我的家人，
那里有我所有假期的美好记忆，而这正是我灵感的来源。

罗尼·霍廷（《海边的莫莫》绘者）

图书在版编目（C I P）数据

海边的莫莫 ／（法）乔纳森·加尼耶著 ；（法）罗尼·
霍廷绘 ；魏舒译. -- 杭州 ：浙江教育出版社，2021.1
ISBN 978-7-5722-0951-2

Ⅰ．①海… Ⅱ．①乔… ②罗… ③魏… Ⅲ．①儿童故
事—图画故事—法国—现代 Ⅳ．①I565.85

中国版本图书馆CIP数据核字(2020)第207535号

MOMO

Author : Jonathan Garnier / Rony Hotin
© Casterman / 2017
All rights reserved.
Text translated into Simplified Chinese © 2021 United Sky (Beijing) New Media Co., Ltd.
All rights reserved.
This book in Simplified Chinese version can be distributed and sold in PR of China except Taiwan,
Hong Kong and Macau.
浙江省版权局著作权合同登记号 图字：11－2020－424 号

海边的莫莫
HAIBIAN DE MOMO

〔法〕乔纳森·加尼耶 著
〔法〕罗尼·霍廷 绘
魏舒 译

选题策划	联合天际
特约编辑	徐耀华
营销编辑	九 力
责任编辑	赵清刚
装帧设计	浦江悦
责任校对	马立改
责任印务	时小娟

出 版	浙江教育出版社	
	杭州市天目山路 40 号 邮编：310013	
	电话：(0571) 85170300-80928 网址：www.zjeph.com	
发 行	未读（天津）文化传媒有限公司	
印 刷	河北彩和坊印刷有限公司	
字 数	220 千字	
开 本	889 毫米 × 1194 毫米 1/16	
印 张	11	
版 次	2021 年 1 月第 1 版 2021 年 1 月第 1 次印刷	
印 数	5000 册	
I S B N	978-7-5722-0951-2	
定 价	99.00 元	

未·小·读
UnRead Kids
和世界一起长大

未读CLUB
会员服务平台